초록을 엄마라고 부를 때

시작시인선 0417 초록을 엄마라고 부를 때

1판 1쇄 펴낸날 2022년 4월 3일
지은이 안차애
펴낸이 이재무
기획위원 김춘식, 유성호, 이형권, 임지연, 홍용희
책임편집 박찬세
편집디자인 민성돈, 장덕진
펴낸곳 (주)천년의시작
등록번호 제301-2012-033호
등록일자 2006년 1월 10일
주소 (03132) 서울시 종로구 삼일대로32길 36 운현신화타워 502호
전화 02-723-8668
팩스 02-723-8630
블로그 blog.naver.com/poemsijak
이메일 poemsijak@hanmail.net

ISBN 978-89-6021-623-5 04810
978-89-6021-069-1 04810(세트)

값 10,000원

*이 시집은 경기문화재단의 지원을 받아 제작하였습니다.

초록을 엄마라고 부를 때

안차애

천년의 시작

시인의 말

색깔에 들어 쉴 때가 많다

새싹샐러드 접시 같은 책 몇 권과
빨간 오미자소주 같은 몇몇 사람들이
젖은 모퉁이를 지켜 주었다

슬픔이나 적막이 되는
검정이나 흰색의 약방문도 괜찮았다

흙빛 바닥이 열릴 때
그 안에 들어가서 먹는다, 운다
가장 크게 숨 쉰다

차 례

제2부

제3부

제4부

해 설

제1부

물의 사랑학

불안한 것들이 흔들린다
불온한 것들이 번져 간다

위험한 온도, 위험한 파동, 위험한 무늬, 위험한 피

멈칫거리고 솟아나고 엉긴다
더듬거리고 빨려 가고 소용돌이친다

약은 먹지 않고, 사탕은 빨지 않고, 성호는 긋지 않는다

출렁일 때마다 바뀌는 판
미끄러질 때마다 새로 빚어지는 자세

아파도 욱신거리지 않고
외딴 방으로 밀려가도 외롭지 않다

어떤 생이라도 통과해서
다시 태어나야 하지 않겠냐는 듯

꽂힌다, 회오리친다, 푹 빠진다

울금

키 큰 작물이라고 생각했던가
딱딱한 과채라 생각했을까

파초와 칸나 중간쯤 되는 울금잎 보고 놀랐네
시월 하순에도 밭둑 가득 차오른 푸른 잎사귀
너무 넓고 겁먹은 표정

앎 직하지만 모르는 이름
조금 예쁘고 조금 서럽기도 한 이름
늦가을에 피운 꽃송이가 부끄럽다는 듯
늘어뜨린 잎 속에 엉거주춤 꽃을 감추고 있는 울금

나는 부모님이 시골의 백모에게 몇 년간 대리 양육을 부탁한 아이
친딸이 아니어서 백모는 늘 예삐라 불렀지
예쁘지 않아도 한사코 예쁘다고 불러 주는 이름처럼
내놓고 울지도 못하는 울먹

파랗게 질린 게 아니라고
처음의 색깔과 지문을 꼭 쥐고 있지

금 간 시간을 깨물고 있지
아직 처음의 궁음도 열지 못한 얼굴
꼭 깨문 각음도 닫지 못한 몸짓

이제 그만 쏟아져도 괜찮아
가을은 슬프고 아픈 엄마
꼭 꼬집어 우릴 붉게 울려 주지

딸꾹질로 울음을 참고 있는 표정
지레 입술부터 깨무는 버릇
착한 얼굴을 터뜨려 쩌렁쩌렁 울어 보렴
예쁜 이름 밀어서 마음껏 사지를 버둥거리렴

* 오음: 궁상각치우.

초록을 엄마라고 부를 때

초록 초록한 것들을 보면 엄마라고 부르고 싶다

초록은 뜯어 먹고 싶고
초록은 부비부비 입 맞추고 싶고
초록은 바람과 그늘을 불러 모으고,

슈펭글러(Spengler, R. Ostwald)는 초록을 가톨릭의 색이
라고 했으니, 마리아
엄마, 눈물과 머리카락으로 다시 발을 씻어 주세요

초록은 도착하자마자 휘발하기 시작하고
어느새 모르는 색상표가 나를 둘러싼다

어떤 색을 흐느꼈던 감각은 남고 지문은 사라졌으니
초록의 냄새 초록의 데시벨 초록의,
젖가슴을 찾아 주세요

물색이 번지면 뒷걸음질 치는 초록의 불안
기억이 오류를 견디듯 초록은 제 무게가 힘에 겨웠을까
다가가면 벌써 흐려지거나 독해지는 초록이라는 기호

>

묽어지는 색처럼 증발하는 중인가요, 마리아
바닥이 없는 아래로 떨어지는 중인가요

초록이 빠진 것뿐인데
모든 색들이 무너지고 있잖아
초록이 빠진 구멍이 엄마, 엄마 부르며
나를 쫓아오고 있잖아

감춘 입들을 쏟아 내며, 내내

사암砂巖의 기록

몇몇 개의 자음과 모음이 가라앉았다.
암석의 무늬는 놀란 심장이 시시각각의 세상을 읽은 흔적.

어두움과 차가움이 서로를 밀어냈으므로
덜컹거림과 삐죽거림은 서로를 끌어당긴다.

조여 오는 폐색의 기운을 읽는다.
유년이 창문을 버리고 내부의 회오리를 발명할 때
지층은 부록의 페이지를 늘리고,

나와 엄마 아버지를 굳어 가는 자모음에 배치하는 건
심리주의자들이 제창한 화석의 구조.
불량과 불온인 줄도 모르고
기억과 고백이 서로를 복제한다.

시간의 심장을 꺼내 놓듯
눈물이 돌 밖으로 흰 그림자를 흘린다.
바람의 사선斜線과 물결의 연흔이
만난 적 없이 서로의 기울기에 기대는 사이,

>

수수만년의 눈빛들이 눌린 시간을 반짝거린다.

쏟아지고 싶다고

쏟아지고 싶다고

언니가 없는 언니 나라

사람이 그렇게까지 좋을 수 있었다니,
여섯 살 때 내가 언니를 다 소비해서
언니는 언니가 없는 언니 나라에서 산다

언니 나라에는
언니의 코르덴 바지 색이 없고
언니의 웃음소리가 없고
모르는 발자국들이 언니의 발자국을 함부로 뒤덮고,

내가 사는 시골집으로 언니가 왔다
오리는 종이 인형과 공 돌리기 기구들을 상자에 꼭꼭 담아서 가지고 왔다
언니,
유성음 맛 속살을 내 입에 넣어 주었지

할머니와 큰엄마가 서로의 검은 우물이 되는 집으로
언니가 왔다
따끈한 찐빵 같은 언니
갓 삶은 햇감자 맛이 나는 언니
밤이 와도 지지 않아 시골집 마당을 우쭐거리게 하는 언니

>

달처럼 빙빙 언니를 따라 돌다 언니의 하얀 목에 매달린 밤
언니는 짚 인형처럼 풀썩 쓰러지고
나는 종이 인형처럼 땅에 납작 쏟아지고
우리의 머리에서 솟은 피가 붉은 달을 적시고,

사람이 그렇게까지 좋을 수 있는 밤이
앨범 귀퉁이를 잊어 가는 사이
찐빵은 굳어 가고
감자 바구니는 식어 간다

언니,
사람이 그렇게까지 좋을 수 있어서
언니는 언니에 걸리고 언니에 빠지고 언니에 묻히고
언니가 없는 언니 나라를 술래처럼 빙빙 돌고,

차도르

당신의 안과 나의 바깥은 한 점 접점接點도 없이 몇 생의 어스름을 끌고 간다

나의 웃음은 아직 당신에게 닿지 못했다

당신의 고요는 아직 질량이 되지 못했다

당신의 목록 속에 없는 나를 찾아서 그림자의 그림자까지 그늘진다

포개진 길들이 거품처럼 끓어오를 때 오후 두 시는 타오르기 시작하고,

오늘이 오늘의 감정을 덮어쓰듯

지금이 지금의 얼굴을 휘감듯

나는 다만

당신의 표정을 펄럭인다

>

내 안에서 물갈퀴 돋는 소리를 바람만 듣는다

내가 아가미를 뻐끔거리는 것을 두 시의 햇살이 따라 한다

나의 바깥은 당신이지만 당신의 안은 내가 아니다

아직 내 발자국은 당신의 발꿈치를 물지 못했고

당신의 눈빛은 내 귓바퀴에 닿지 못했다

한 겹 행간 속으로 스며들지 못해서

당신의 문장은 아직 본문 바깥에 있다

비밀의 속도

내 비밀의 비밀인 당신만 아직 모르고 있죠

비밀 더하기 비밀은 더 이상 비밀이 아니에요
사랑 더하기 사랑이 더 큰 사랑이 아니듯이
비밀을 비밀이게 하는 공기의 무늬와 결
힘줄의 뻗침이나 기다림의 심호흡만 가만히 수런거릴 뿐,
그러나 아무 일도 일어나지 않죠

난쟁이 오스카가 군악대 연주 사이로 양철북 소리를 밀어 넣듯
고요의 한가운데로 자신을 밀어 넣어 고요의 중심이 될 뿐
비밀은 아니에요
아무 일도 일어나지 않죠

숨긴 것이 없는데 비밀이 늘어난 것은 비밀의 속도 때문일까요
가로지르는 속도 때문에 좌푯값을 잡을 수 없기 때문일까요
하지만 당신 눈앞에서 일어난 일이죠
비밀은 아니에요

>

퍼즐의 테두리처럼,
좀처럼 당신의 눈에 띄지 않는 것이
비밀의 비밀이에요

고양이는 고양이로 있어요,
숫양은 숫양으로 있구요,
나는 꼬리 아홉 개쯤 떼 버린 여자로 있어요
그림자는 프로필이 없는 분자식으로 떠돌구요

십일월의 안개 속 고요가 수런거리는 강가에
도착할 거예요
아무것도 아닌 모든 일이
당신을 가로질러 갈 거예요

내 비밀의 비밀인 당신만
모른다는 것도 전혀 모르고 있죠

떨어트린 자세

화가 페데르 크뢰위에르가 그린 〈화가의 아내 마리의 초상〉과
아내 마리 크뢰위에르가 그린 〈자화상〉 사이에
떨어트린 자세가 있다

마리, 부르면 파블로프의 개처럼 웃는 혀를 깨물고
그대로 멈춰라

동그란 이마
동그란 볼살
동그란 웃음
꾹 눌러도 튀어 오르는
동그란 색깔의 탄성

동그란 자세가 풍선처럼 폐활량을 늘리는 사이

마리의 팔레트에선
둥근 색들이 빠져나간다

마른 색 흐린 색 눌린 색이 남았다

삐죽이는 색, 가라앉는 색, 홈 파인 색
뱀의 사다리에서 떨어뜨린 색들이
남았다

모서리가 밀어 올린 절벽이 안색으로 번진다
먼지와 얼음이 반씩 섞인 무채색들이,

턱
선의 자세를 뭉개는 사이
캔버스 바깥으로 뻗어 나가는 실금들

오드 아이의 눈빛이
떨어트린 자세를 바라본다
한쪽이 멀고 깊은,
얼굴이 깨지는 소리를 듣는 표정이다

공동생활자

막장 같은 멜로드라마다
아니, 멜로 같은 막장 속이다

기생 말벌은 순식간에 딱정벌레의 몸속에 산란관을 집어넣어 알을 낳는다. 딱정벌레는 숙주의 맛으로 살과 피를 늘린다. 혼곤한 타자의 잠을 잔다. 잘 빨리기 위하여 맹렬하게 빨아들인다. 마침내 애벌레는 말벌의 서식지로 기어가 희고 둥근 집을 짓는다

어디만큼 왔니?
반쯤의 머리통
어디만큼 왔니?
하나 남은 다리
어디만큼 왔니?
덜렁이는 모퉁이

관계의 완성은 아늑한 고치 안에서 일어난다. 기생 말벌은 애벌레를 냠냠 파먹고 바삭바삭 베고 자다 접힌 날개와 마디를 연다. 마침내 날아오른다. 비상의 완성은 바닥의 흔적을 재빨리 벗어나는 것, 통증의 배경을 밀어내며 한사코

높이 날아오르는 것

나는 오늘도 너를 와작와작 씹으며 완전변태完全變態를 꿈꾼다
그것이 완전한 사랑이라고 백태 낀 혓바닥을 날름댄다

밥인 몸이 푹푹 무너질 때까지
거덜 난 사랑이 와르르와르르 쏟아질 때까지

개, 너머

산 너머, 개가 있어요 개밖에
모르는 개, 개에만 골몰하는 개가 있어요

개 옆에는 상추와 치커리가 자라고, 파랗고
빨간 고추를 딴 뒤에는 무와
배추를 심는 농장이 있어요 농장 위로 구름이
떠가고 울타리 너머 카페의 커피 향이 후각을
흔들어도 개는, 개만 하고 있어요
개만 뚫고, 개만 파고, 개의 콧등만
지나고 있어요

하루치 야채를 딴 사람들이 돌아가고
농장 주인의 차가 떠나도 산 너머,
개가 있어요 저녁보다 검은, 개가
있어요 제 눈빛의
검정에 갇힌 개가 제 꼬리의 검정을 뱅뱅
돌아요 맴돌수록 졸아드는 검정처럼 산 너머,
개가 어둠의 어둠이 되고 있어요

>

저물녘의 검정, 너머

발자국의 검정, 너머 반경 일 미터의 검은 줄

너머, 개가

프라이부르크의 검은 숲

어느 날
프라이부르크의 검은 숲속을 걷겠어요

니체의 보법으로
숲 너머 프라이부르크 대학까지 걸어가겠어요
낮이 멈추어지지 않아서 숲은 검어야 합니다
학교는 니체처럼 멀어야 합니다

검정이 어둡지만은 않아서
걸음은 온통 중간에서 중간뿐일 겁니다

니체는 숲에 들고 숲을 읽고 가끔씩 울면서
야윈 어깨에 숲을 걸치기도 했을까요
끝나지 않는 하루는
망토가 필요하거나 눈물이 필요하니까요

도덕과 계보가 서로를 절뚝거려서
삼나무 뿌리에 이마를 대고
창세기의 아버지를 부르기도 하였을까요

>

엘리 엘리

내 불행과 불운을 넣고 섞어찌개를 끓이지 말아 주세요

내 형상과 꿈에 당신의 진흙을 덧대지 말아 주세요

사건이 불투명한 안색으로 흐려지는 그 너머에 계세요

말씀이 검정보다 더 어두워지는 곳에

삼나무처럼 우두커니 서 계셔만 주세요

어느 날

검은 숲이 한 번 더 검어질 때까지

산길을 걸어가겠어요

먼 니체가 까마득히 멀어질 때까지

등성이를 넘어가겠어요

긴 하루가 다 끝날 때까지

니체가 아버지와 초인을 다 울 때까지

검은 숲은 끝나지 않아야 합니다

당신은 검정처럼 어두워야 합니다

———슥

루치오 폰타나, 〈제로〉, 1960

이쪽과 저쪽을 동시에 보는 자의 눈빛을 보라. 망설임이나 독백이 얼마나 화려한 유채색인지, 빛과 어둠을 나누는 침묵의 칼날이 —슥,

캔버스를 가로질렀다. 루치오 폰타나의 그림 〈제로〉는 가슴뼈의 위쪽과 우심방의 아래 부위가 슥, 베어졌다. 찢긴 선 사이로 검은 어둠이 담즙처럼 차오른다.

이제 피 따위는 흘리지 않아. 세상 사람들은 두 가지 부류로 나뉜다. 슥, 베어진 시간의 검은 구멍을 들여다본 자와 보지 못한 자. 슥, 끊어진 크레바스에 한 발을 디밀어 넣은 자와 넣지 않은 자. 슥, 벌어진 검은 구멍이 점점 자라 화면을 가득 채우는 것을 본 자와 보지 못한 자

>

나는 실꾸리가 풀리듯 검은 구멍 속으로 감겨 들어간다. 젖은 습자짓빛에 빨려 메아리도 캄캄하다. 검은 틈 속으로 몸을 숨긴 뒤 흔적 없이 깊어지기만 하는 아가, 아기를 업은 아가, 아기를 부축한 또 아가야, 여기는 울음도 눈물이 되지 않는 지역의 농도, 잠시 빛과 틈새 사이로 번지점프를 하듯

슥, 가로질렀을 뿐인데 이면이 없다. 매일 검은 틈을 키우는 자들은 그림자가 없다. 부풀어 오른 칼자국 사이로 이곳의 빛 무늬와 저곳의 검은 물결을 동시에 본다. 소실점이 없다.

경복궁

심장은 군주지관君主之官이라 신명神明의 집이다
—허준, 『동의보감 내경편』 부분

나는 붉은 물이어서 따뜻하고 멀다
나는 검은 불이어서 중심보다 깊다

퍼져 있기 위해 모으거나
무겁게 쏟아지려고 자꾸 달아난다

무너진 변방의 사이, 그 샛길까지 닿으려고
나의 거처에는 사방이 문이다

심화心火
내가 가로지를 혈맥은 지도에 없다
내가 닿아야 할 거점은 지명이 없다

북두칠성처럼 짚어 보는 혈 자리의 배치
기립근처럼 서 있는 삼태성의 응시

별빛은 흐르는 것이어서
나의 밤에는 눈꺼풀이 없다

>

다시, 무너진 곳을 말해 다오
맨이마로 그곳을 메우리라
적매홧빛 선혈은 사이 돌로 괴리라

나는 변방보다 멀어서 어둡거나 검다
나는 중심이 아니라서 북편보다 아득하다

제2부

푸른 몸

백팩이 사흘째 메를로퐁티를 덜그럭거린다. 그는 몸이 세계여서 세계가 몸이라는데 내겐 그의 말이 합성한 사진처럼 모호하다. 말랑하게 씹히지도 이온 음료수처럼 꿀꺽꿀꺽 마셔지지도 않지만 메를로퐁티, 이제 몸 철학자와의 한나절에서 젤리 맛이 좀 났으면 좋겠다. 우리가 합성한 포도 젤리 맛이 어디에서 왔는지 두리번거렸으면 좋겠다. 메스칼린이라는 마약을 복용하면 바이올린 소리가 나는 공간을 푸른색이 넘친다고 느낀다는데 메를로퐁티, 입 안에서 구르는 유음의 이름은 어떤 밤의 색깔을 불러온다. 부엉이 소리를 자장가로 청해 듣던 옛집에서의 밤과 잠 사이의 인화지 빛깔이다. 아직도 뒤꼍 대숲에서 나는 부엉이 소리가 꿈을 몰고 온다고 믿는 몸이 오색 전구처럼 깜빡거린다. 부엉이의 음색이 알고 있는 엄마 혹은 메를로퐁티, 누빈 바지와 쌓인 눈의 깔깔거림을 부려 놓는다. 내가 부엉이를 부르면 부엉이의 눈처럼 튀어나오는 메를로퐁티, 새콤한 과일 젤리 향을 풍기며 꼼지락거린다. 막 쏟아지기 전의 나를 얼싸안으려고,

스크래치

무의식은 검다고 프로이트는 말한다
검은색은 두려움의 기호
아직 튀어나오지 않은 것들이 덜컹거린다

라일락꽃이 떨어지는 땅바닥에 한참이나 쪼그려 앉아 있었다
꽃빛을 반성하는 한나절의 마음이 뭉개진다
지워지거나 치워지는 것은 검다

색색깔을 칠한 뒤 검은 크레파스로 덧씌워야 완성되는 스크래치 놀이처럼
라일락의 입술들이 숨었다
표정이 없는 것이 표정인 어머니가 꼭꼭 숨었다
문장을 다 배우기도 전에 철부터 들어 버린 아이의 웃음소리도
검은색 저편에서
여기예요 엄마, 나 잡아 보세요 엄마

검은색은 검은색이라서 위험한 것이 아니라
파묻은 색깔들이 두더지처럼 불쑥불쑥 튀어나올 예정이라서
위험하다

>

내가 나로 태어난 것이 위험한 게 아니라면
세상의 모든 꽃들은 결백하다
제각각의 살색으로 피었다가 죄책감으로 지고 있는 꽃들의 얼굴,
검은 빗살무늬로 타오른다

최초의 번개가 탄생하듯
처음의 무의식이 굴러 나온다
내 모습의 유령이다

난생卵生의 계보학

닭이 먼저인지 알이 먼저인지 다투는 것만큼 의미 없는 싸움은 없다지만 나는 혁거세나 수로왕의 탄생, 저 난생의 설화를 가지고 싶다 마리아가 낳아 주지 않아도 되는 알, 프로이트식 거세의 협박이 무섭지 않은 알, 아빠가 좋아 엄마가 좋아 꼬리에 꼬리를 무는 가족 서사를 꿀꺽 삼키지 않아도 되는 알

들판이나 지푸라기 위를 굴러다녀도 되는 알, 비린내 나는 자궁의 추억이 없는 알, 삼각 사각 관계의 입맞춤이 필요 없는 알, 뻐꾸기알처럼 남의 둥지로 데굴데굴 굴러가도 되는 알, 얼굴이 없어서 어디라도 스위트 홈을 꾸미는 알, 졸업 앞으로 나란히 취업 앞으로 가 따위 명령어가 필요 없는 알, 막판에 몰려 알까기로 휙 날아가 구석에 처박혀도 국물이 새지 않는 알

슬금슬금 몇 개를 주워 내도 금방 비슷한 하양이나 검정으로 다시 채워지는 알, 발버둥 칠 팔다리가 없어서 관절염도 앓지 않는 알, 아무런 기호嗜好의 감정을 가지지 않아서 모든 감정의 기호記號가 되는 알, 떠난 뒤 빈집의 고요로 승부가 드러나는 알, 지붕 위로 굴러가 허공의 경계를 찢는 알

>

닭이 먼저인지 알이 먼저인지 알고 싶지는 않지만 어떤 알도 뾰족한 입술을 가지지는 않아서 당신을 지우고 싶을 땐 반투명 막을 뒤집어쓰고 난생의 첫 번째 순서를 기다리고 있는 알

편암片巖의 기록

석영이나 운모의 얇은 층에 스며든
아침은 잎사귓빛이다

돌 속에서 자라는 돌은
동종 교배처럼 푸르게 눈이 먼다
하나를 지키기 위해 하나를 떼어 주는 편리片利,
어제를 지운 마음이
책력의 낱장처럼 떨어진다

접힌 부록에서 목차를 꺼내는 사이
몇 움큼의 낱말이 변질되었다
사랑이 사탕 껍질보다 쉽게 구겨졌으므로
놀란 질문이 눌린 입술을 뭉툭 베어 문다

박층薄層에선 웨하스 맛이
습곡 이후의 사건에선 젤리 맛이 번질 때
점령군처럼 찾아온 변성變性,

해저 탁류보다 무거운 세력이 다녀갔던
기억의 암록이 내내 반짝거린다

>

저녁의 당신은
예비된 빛깔로 어두워진다
가정법이나 감탄사는 아예 없었고,

사막에서 잠들다
—앙리 루소, 〈잠자는 집시〉(1897)

집시 여인이 모래언덕에 누워 잠든 사이

손에 쥔 지팡이를 떨어뜨리지 않도록
곁에 둔 만돌린이 칭얼대지 않도록
머리맡에 세워 둔 물병이 넘어지지 않도록
자장자장 아주 자장

사자는 바람이 부는 쪽으로 갈기를 눕힌다
만월이 푸른 악절의 쉼표 부분을 연주 중이고
시간은 밤의 건반을 소리 없이 누른다

따뜻한 공기 방울들이 코발트블루에 싸여
잠이 푸르게 익고

넌 나를 만져 준 유일한 이야
잠이 짚어 준 밤의 이마가 희붐하다

모래처럼 허물어진 것들이
꿈속에선 수프처럼 다시 끓어오르고

>

바람 부는 높이

하늘엔 무도회 가면을 쓴 당신처럼

웃는 달

중력의 내부

오늘의 중력은 안녕해서 세포막 안의
양귀비꽃은 양귀비꽃
비둘기는 비둘기
그 사이를 걷는 강아지는 강아지

한 겹 막 안은 붉고 부드럽고 뜨겁지
끓고 있는 팥죽처럼
피도 눈물도 구분 없이 자유롭게 흘러 다니지
건너편과 맞은편이 한꺼번에 피어나고
비둘기는 가까스로 조류를 포기하지 않지

나의 내부는 횡단하라고 있는 게 아니야
내 곁에는 퍼즐의 조각처럼
미농지보다 얇게 피는 것
유금색으로 번들거리는 것
어슬렁어슬렁 시간을 가로지르는 것들

내가 너의 박물관이라면
너는 나의 나선형 이중구조라고 말할 수 있을까

내가 이렇게 미끈거릴 때
너의 내부는 중력을 이기고 싶은 거다

다시 만나자는 말을 모르던 그때, 우리는
내일이 없어서 나날의 카니발만 풍성했을까
너의 웃음소리는 바람의 겉옷처럼 펄럭였을까

양귀비꽃은 양귀비꽃
비둘기는 비둘기
곱슬곱슬 웃고 있는 푸들은 현재형 강아지

강아지의 샛길은 둥글게 쿨렁거리고
양귀비꽃과 비둘기는 뒤뚱뒤뚱 품속으로 뛰어들지

나 아닌 것들이 막무가내 나를 끌어당기듯
너 아닌 것들이 자꾸 너를 읽어 내고

시나몬처럼

시나몬 가루의 맛은
오후 2시와 20살 사이에 핀 브라운

시몬 드 보부아르라든가 그녀의 책을 안고 만나던 당신?
시나몬은 음식이 아니라서 먹고 있어도 그리워집니다

시나몬을 매직처럼 솔솔 뿌립니다
늦은 끼니의 식빵은 그냥 빵이기를 거부합니다
식어 가던 우유는 우유만은 아니라고 도리질하고요

반 스푼의 가루로

흩어지는 꽃
돋아나는 숨소리
뿌려지는 웃음소리
꽃도, 숫자도, 웃음소리도 아닌 당신이 톡톡

너무 가벼워서 풀풀 날리는
형체도 없이 떠도는,

>

삼키지 못한 기척이 쑥쑥 자라납니다

이 맛은 기억과 통증 사이를 떠도는 브라운
너무 예민한 색깔은
삼키기도 전에 콜록거립니다

시나몬을 뿌립니다
어디에도 닿지 못할 가루들이 지나간 내일처럼 톡톡

아, 참
시나몬은 달콤해서 사나울 수도 있습니다

묘시卯時

공기 방울. 휘파람 소리. 고양이의 발자국
흰 후드 티셔츠. 비구름. 허밍으로 부르는 노래

정수리를 간질이거나 어루만져 준다는 느낌 때문에
물기 많은 눈빛 주위를 맴돌곤 했다

어린 참새가 시리아 난민 아기 쿠르디처럼
소복한 앞가슴을 내밀고 골목 끝에 제 몸 무덤을 만들었다

어둠이 가장자리부터 말린다
검은 뼈가 주저앉은 자리에 모퉁이가 돋아난다
나를 적신 이슬이 곧 너에게로 흘러가 물기 많은 잠이 될 것이다

젖은 풀밭에 두 발로 서 있는 고양이는
검은빛을 지키는 사제처럼 엄숙하다

덜 여문 공기 방울들을 징검징검 밟고 가면
글썽이는 게 있다
푸른빛 튕기는 소리가 난다

>

곧 수거될 것들이 휴거 중인 몸처럼 들린다
발뒤꿈치를 들고 공평하게 증발하는 슬픔

귀가 지워진다
검은 얼룩이 한발 먼저 지워진다
마르면서 다시 젖는다

더 당신

아리스토텔레스는 실체인 당신이
덜 인간이거나 더 애인일 수 없다고 말하지만,

요즘 당신은 더하거나 덜하다
덜 진하거나 더 묽다
더 울거나 덜 웃는다
울먹울먹 번지는 태초의 노을 같다

우연의 내일에 자주 가 있거나
긴 어제에서 오래 서성이는 표정이다

덜 오늘에 있고 더 경계의 금을 넘는,
당신의 얼굴이 정지 버튼처럼 자주 눌러진다

대체로, 이윽고, 간신히, 넌지시
잊지 않고 깜빡여 준 우회전 신호 같은 부사어들이
가까스로 관성의 턱을 받치고 있다

당신이 내가 알던 그 사람보다 조금 더 그 사람인지
내가 당신이 알던 나보다 조금 덜 나인지 알 수 없어서

우리는 조금 더, 이거나 조금 덜, 의 얼굴로
두리번거린다
덜 나아가거나 더 물러서며 부사적으로 웃는다

이미 도착한 당신과 막 배달되는 당신 사이
희박해진 공기처럼
눈 깜빡한 새들이 점점 박혀 있다

사랑스러운 당신의 이마
—모비딕풍으로

인상학도 한때의 우화일 뿐
굴곡진 이목구비에 기댈 수는 없다

얼굴이 흐린 벽으로 남을 때
이마는 묵묵히 깊어지는 상형象形이다
이맛전에 물결과 바람을 풀어놓는 사이
고래는 부력의 방향으로 떠오르고,

수부들의 이마에 주름살 몇 개 새겨지듯
해류가 서로 엉기다 외눈박이 허리케인을 일으키듯
천둥이 치고 번개가 번득이고 몇 철이 동시에 어른거리는 것은
다만 고래의 이맛전에서 일어난 일

가장 먼 봄이 이슥도록 머물다 간다
쓰지 못할 문장들이 사이렌의 노랫소리보다 독하다
시간은 내내 역류 중이었던가
수면 위 양피지의 행간이 손금처럼 환하다

>

당신의 수심이 깊어질 때

표정 바깥이 표정으로 그만 갸웃해질 때

흰 두루마리의 오랜 헌사가 있다

허블

태초에 시선이 있었다

가장 어린 호기심이 허공을 가로질러
은하의 푸른자위가 되고,

렌즈 속 나선은하가 눈동자처럼 피어날 때
눈 맞춤의 역사는 시작되었던가

바라본다는 건 같은 궤도에 올라선다는 것
나의 시야와 당신의 시선이
확보 가능한 각도 안에 놓인다는 것
꽃잎 벌어지는 소리를 내가 소스라치게 읽었다는 것
팔백만 광년 너머의 영토를 순식간에
접선하고 접수했다는 것

별들의 운행과 심장의 박동 소리가, 사각사각
서로의 리듬을 읽는다

시계 방향으로 꽃잎이 벌어지는 소리다

>

내 실핏줄이 당신의 눈꺼풀을 읽고
열은 기미가 단숨에 몇 개의 허층層을 꿰뚫는다

사랑의 방식

닳아서 쓸리는 것들이 한쪽으로 기울어진다
왜 늘 홀림은 쏠림으로 나타날까
갸우뚱한 열 시 오십 분의 표정을 하고

좌편향이 취향이라면
경추 5번 6번의 협착증은 현상이다
다리를 외로 꼰 채 왼손으로 턱을 괴고 앉는 것
먼 별 같은 생각만 하는 것이 오랜 편향이라면
직립의 하방 경직성 증후군은 누적의 피로 현상일까

구두 뒤축이 한쪽으로만 닳는 불구의 현상,
시간이 여기를 지그시 누르는 압착의 방식이
납작납작한 박수근의 그림처럼 봉제선의 한쪽 결을 두드린다

뼈와 뼈 사이가 운다
한쪽이 접히면 맞은편을 부풀리는 아코디언의 자세가
통증을 글썽인다

천칭 저울이 평형을 이룬 적은 없다

내가 기우는 사이 네가 울었거나
네가 기울어진 한편으로 내가 꽈리처럼 부풀었다

매혹이 끌림을 쓸고 가는 기우뚱한 사랑의 방식이
사시의 눈알을 뽑아 한쪽 벽에 걸어 두듯,

줌Zoom, 어둠 공동체

바짝 너의 무덤을 끌어당긴다
개별적 어둠이 반짝 켜진다

그리하여, 별처럼 붐빈다
빛난다

가끔, 부풀어 오르기도 한다
검은 공기 맛으로

커튼이 드리워진 무덤
책장이 묘지석처럼 둘러선 무덤
키스의 자세로 서서히 무너지는 무덤

점점 어두워지다가

툭,
꺼지는 무덤

어둠 너머 먼 데로
둥둥 떠가는,

>

얼굴 좀 켜 봐

윤곽 없는 밤처럼

물컹, 쏟아지는 구멍을

내 남편의 처삼촌을 위한 조사弔辭

그의 죽음이 철학적이진 않았어요. 평생의 밥은 철학으로 먹었지만. 그의 밥인 철학이 크지는 않았어요. 큰 것이 붉은 것이 아니듯이 그의 하이데거와 야스퍼스가 우산이나 날개는 아니었어요. 표지판이나 볼록렌즈는 더더욱 아니어서 그는 두꺼운 근시의 안경을 쓰고 오래 대학을 다녔어요.

오목한 세상들이 꼭 둥근 것은 아니어서 사월혁명회의 동지들이 구부정한 물음표의 얼굴로 오래 그의 연구실에 찾아오곤 했어요. 시계의 바늘이 동그라미를 따라 돈다고 시간의 파고가 줄어들지는 않아서 왼쪽이나 오른쪽이 수시로 그를 출렁거렸어요. 실존과 통증의 불연속적 틈 사이로 키우던 손녀딸의 접시 치마가 팽글팽글 돌았지요

'야야, 야채주스 그만 멕이고 나 좀 살려 봐라' 입에서 구름 토끼 한 마리 뱉어 내고 '얘 잡아 봐라'고 하듯, 농담처럼 던진 한마디가 호스피스 병동 사이로 떠다녀요. 그 사이로 시골 초등학교 선생 일을 놓고 무작정 서울로 올라간 청년의 문사철文史哲이 타조처럼 달려가요. 달린다고 지구본을 돌릴 수 있는 건 아니에요. 그의 색인표와 지문 사이로 잠시 눈물 같은 것이 번뜩,

제3부

아르페지오, 봄

싸리나무 가지에 쌀알만 한 음표들이 돋아난다

선율적이다

새의 다리가 밟고 간 음계처럼

미라레솔시미

레솔시미시솔

중심이 없어서 번지는 봄

새 발자국들이

붉은 만큼 젖어 있다

슈만이 있는 풍경

서둘러서, 천천히 다가와 줘
즐거운, 우울한 얼굴을 기대해

더 이상 연주할 수 없는 악보들이야
나는 종이 속 투명 무늬처럼
잊힌 약속처럼 거기 있겠지만,

왜 악보의 아랫도리는 유머러스한지
왜 유머의 반절이 상심인지 모르겠는 기분이야

같은 꿈이 반복되고
꿈 밖으로 나오면 다시 꿈을 꾸는 것은 음계 속이야

오른손과 왼손 사이의 강물
알레그로풍의 연속 잇단음표는
서로를 흘러 다녀도 만져지지 않아

얼굴의 물무늬들이 각자의 방향으로 흐르는 사이
오른편의 악절 끝이 조금씩 무너지고 있어
떠오르거나 가라앉는 힘도 동력일까

물과 둑이 뒤섞이는 것도 변주일까

후모어 후모어*
잿빛 소용돌이 속으로 선율의 내부가 우주처럼 열리고 있어
아다지오로 번져 나가는 무無의 수수께끼들

* 후모어: 슈만이 즐겨 지시한 악보 용어. 유머와 기분을 합한 단어라고 함.

마지막 오디션

냠냠 떠먹는 과일 푸딩처럼
쭉쭉 찢어 먹는 김칫빛 어스름처럼
걸칠 육체를 찾아 백 년쯤 떠도는 유령처럼
형체도 없는 미각이 잉잉거린다
간절하게 입맛을 다시며

잡을 수 없는 데시벨은 간지러워
어긋나는 공기 방울들은 사과 맛 반, 키위 맛 반
인어 공주는 혀를 잃고서야 소울풍 노래를 완성했지
반음이 늦어지거나 반음이 낮아지는 얼굴을 하고,

당신은 헐렁한 집시 라인의 춤을 춰
난 할리우드 스타일로 우리라고 부르는 부류의 노래를 부를게
스윙과 재즈 사이에서 뚝뚝 끊기는 선들
막다른 골목에서야 음표들은 비눗방울처럼 날아오르지

어제는 블루를 배경으로 잠잠히 투명했으니
오늘은 소리의 윤곽을 뭉텅뭉텅 뜯어내며, 크레센도
성대는 닫히고 두 귀는 깔깔거리는 기관의 동물이 되어

달려,

핀볼같이 반짝이는 얼굴을 하고

예쁜꼬마선충

예쁜꼬마선충의 합성어 속에 들어가 쉰다
예쁜과 꼬마와 선충을 다 합쳐도 1mm가 안 되는 체적 속에
들어가서 운다
눈물도 걱정도 깜찍해지고,

다섯 쌍뿐인 염색체와 근육을 꿈틀거린다
앞으로 간다, 심심하면 뒤로 간다
모르는 힘이나 빛이 찾아오면 오메가 턴,
금방 눈물을 잊고 발레리나처럼 공중을 휜다

자웅동체의 원만구족圓滿具足을 춤춘다
피로해지면
썩은 이파리와 과일 껍질의 향기 속에 들어가서 쉰다, 먹는다
주당의 취기와 비슷한 맛이 난다

작아서 뾰족해진 힘으로
나침반과 신경세포의 강도를 뒤챈다
시적 영감쯤 되는 감각의 탄생이거나
개념어와 유사어類似語의 발명인지 모른다

>

예쁜꼬마선충의 이름 속에 들어가서 논다

예쁜과 꼬마와 선충 사이엔

가느다란 합성의 형식과 내용이 있다

모르는 품질이다

카프카를 꺼 주세요

카프카를 꺼 주세요

불 들어온 적 없는 카프카를

검정이 새고 있는 카프카를

비등점 없이 끓고 있는 카프카를,

꺼 주세요

밑변 없는 계단 위의 카프카를

풍덩풍덩 머리를 뽑아 던지는 카프카를

제 그림자를 밟고 있는 카프카를

제발 멈춰 주세요

카발라풍 벌레의 시각과 높이를

누이와 애인과 창녀들의 웃음소리를

>

출구 없는 오후 세 시의 백일몽을

끝장내 주세요

아버지를 벗지 못하는 카프카를

아브라함을 걷고 있는 카프카를

사막의 온도를 콜록거리는 카프카를

선고해 주세요

카프카가 참고 있는 카프카를

카프카가 그리운 카프카를

카프카를 살고 싶은 카프카를

이제 그만, 꺼 주세요

자리들

프린트 스크린이나 페이지 다운,
기능키를 눌러 컴퓨터 화면을 바꾸듯
자리들은 몸체를 바꾸지

이름은 그대로 두고
목걸이와 야자 이파리 셔츠는 그냥 걸치고
범고래 문양 벨트를 맨 채

빙글빙글 의자를 돌리며 살을 바꾸지
옥수수 럼주를 마시며 뒷모습을 갈아 끼우고
흐느적흐느적 춤을 추면서 새 그림자를 재단하지

벨트와 목걸이가 조금 더 무거워지고
접시들이 낯선 냄새를 킁킁거리지

자리들이 더 마르거나 뚱뚱해진 몸을 뒤척일 때마다
음악은 취한 밤처럼 흘러내리지
꿈들이 없는 알리바이를 만들어 내지

>

상자 속에 든 것은 상자
가면을 벗겨 내면 다시 가면
색깔을 긁어내면 진물이 흐르는 바탕색
아버지를 들어내면 헛기침부터 몰고 오는 또 아버지

자리 위에 앉은 것은
목걸이와 범고래 벨트들
야자수 셔츠를 걸친 형상이거나 진땀을 흘리는 그림자들

손가락들

심해어의 등지느러미에서 바흐의 평균율 소리가 난다
푸른 매의 날개에 물결의 지문이 돋고,

과학자 칼 짐머는 손을 날개라고 불러도 된다고 한다
날개를 지느러미라고 불러도 된다고,
한다

박쥐가 서른두 개의 손가락으로 검은 하늘을 펼치면
공동의 기억들이 쏟아질까
손가락이 너무 많아 쏟아지는 검정을 놓칠까

당신의 허리띠를 꽉 잡으려고 손가락들을, 뚝뚝
분질렀던 기억이 있는 거 같다
손가락 끝의 촉수가
눈알보다 붉어진 러브 스토리가 있는 것 같다

박차고 날아오르거나
밀치며 나아가거나
닥치고, 꼭 집어 입 안에 밀어 넣는 건
같은 부류의 손가락질

>

우리가 없는 세력을 늘리는 방식이다

태초처럼

사라진 당신이 손가락 사이에서 피어오르고,

황홀한 몰락

우노 도스 트레스 꿰뜨라,
쿠바 비냘레스 야외 무도장의 재즈 가락이 노을빛보다 붉네

아름다운 그대 오늘 밤 시간은 어떤가요?
내일도 이곳에 머무나요?
밤새워 살사를 춰 볼까요?
바질 향 모히토가 좋은가요? 라임 향 다이키리가 맞는가요?

청년의 귓속말이 뜨거운, 이곳은
북회귀선의 바람 맛이 나고
카시오페이아가 오뚝한 콧날을 세우는 적도의 카르스트 지역

바람은 일으켜야 불어오고
사바나의 향기는 붉어야 둥글게 익는 곳

우노 도스 트레스 턴
천국보다 빨리 꽃이 되는 곳으로,
리턴

열려라 참깨

근시 안경을 쓴 남자가 얼굴을 찌푸리는 여자 곁으로 다가간다. 다리를 저는 여자는 소아마비를 앓았다는 남자만 바라본다. 습관적으로 코피를 쏟는 여자가 예뻐서 셔츠에 토마토주스를 몰래 쏟은 남자가 복선을 깔듯 싱긋 웃는다.

조울증이 불면증에게 손을 내민다. 천식이 알레르기의 두런거림을 알아듣는다. 안면홍조가 위궤양을 붉게 밝히듯 성대결절이 녹내장에 기대 쉰다.

너 어릴 때 부모랑 같이 못 살았지? 우리에겐 버림받은 부류의 냄새가 나. 난 귀족적으로 피가 파란 랍스타가 되고 싶어. 랍스타는 백 년 동안이나 사랑을 한대. 스물두 살의 그가 스물한 살의 나에게 속삭이던 말은 왼쪽으로 깊이 기울어진 작업이었다.

코피와 토마토주스가 사이키 조명처럼 절름거린다. 달콤한 혀와 부글거리는 위가 서로를 밀어내면서 불구의 웨이브를 넘는다. 알리바바의 동굴이 소리 없이 열렸다 닫히는 사이,

오늘의 메뉴는 빨강

빨강 피망볶음과 방울토마토 샐러드
빨강 오미자즙에 살짝 섞은 소주 한 잔,
오늘의 메뉴는 빨강이다

간에는 간이 뼈에는 뼈가
관절에는 콜라겐 끈적한 도가니가, 그리고
헛헛한 심장의 하루에는
빨강 스토리텔링이 제격이지

헐떡이며 길어지는 바닥의 빈곤일 땐
누가 혓바닥보다 긴 식도의
식도보다 깊은 밥통의, 밥통보다 집요한
빨강의 허기를 아는 척 좀 해 줬으면 좋겠어

빨강 같이할래요?
빨강 좀 나누어 볼까요?

내게 친절한 사람이란
빨강에 민감하거나 빨강이 넉넉한 사람
배경이 빨강이거나 진창이 빨강인 사람

비밀이나 꿈까지 빨강이라면 최상급이지

먹을까 말까
빨강의 윙크, 빨강의 웃음, 빨강의 키스
색을 숨긴 식탁보 밑 은유와 치환의 불그레한 들썩임

오, 빨강 눈물까지 드레싱 오일처럼 한 방울 떨어뜨려 주는 센스라면
딥 키스처럼 엉기며 나아가는 빨강의 미각이라면,

달콤한 뼈의 홍루몽

너무 추워서 잠시 참나무의 붉은 뼈에 듭니다
화끈한 무덤이라고 해도 무방합니다

참숯 가마의 온도는
미리 당겨쓰는 불의 노래
한사코 오늘이 붉기를 바라는 주문입니다

두 발이 얼고 두 무릎이 식어 갈 때
놀라거나 쓸쓸하거나 검정이 몰려올 때
숨에서 파란 얼음조각이 서걱거릴 때
몇몇 피붙이의 뼈를 던져 넣었던 연화장 고로의 불빛이
라도 끌어옵니다

좋은 것은 끝이 나고, 끝이 나야 좋은 것이라는
홍루몽의 혁명성을 생각합니다
붉어서 혁명적인 것이 아니라
붉은 것이 끝내 붉은 것을 환하게 끝장내서 혁명적입니다

죽어서는 더는 춥지 않아도 된다니
마지막 땀방울을 기쁘게 미리 흘립니다

남은 뼈가 붉게 피어나는 오늘의 일진日辰,
산두화山頭花의 괘卦는 뜨겁고 사납고 달콤하니까요

끝이 나야 좋은 뼈이고,
좋은 뼈는 무덤을 완성합니다

보컬, 그리고

솟아오른 음표들이 다 떨어지기 전에
여행을 떠나요, 프레디*

소리만 소리를 연주할 수 있고 리듬만 리듬에 올라탈 수 있죠
당신이 하나의 노래를 부른다면
세상 모든 노래 위에 하나를 덧보태는 것으로의 여행
노래의 여행이 끝난 적이 없죠, 그리고

오랜 유폐를 잠재운 갈릴레이와 함께 떠나요
지구의 회전축에 마침내 올라탄 갈릴레이
성당의 첨탑 위에 올라가, 꼬끼오
소리의 높이를 찢는 갈릴레오 갈릴레이

총소리의 삽입은 어디가 좋은가요
아카펠라와 발라드 사이라면 낭만주의자라고 부르겠어요
로큰롤과 오페라 사이라면 해체주의자임에 분명하고요
총소리와 음표들은 두 개의 언어처럼 서로를 더듬거리고
여행을 떠나요, 프레디

내가 미친다면 치사량의 음표 때문일 거예요

피아노 위의 컵들은 한 번뿐인 질병을 앓기 위한 진동
너덜너덜한 건반으로 발사대를 만들려면
떨거나 뜨거나,
표면 위로 기어올라야 튀어 나갈 수 있죠

리듬과 선율들이 다 떨어져 내리기 전에
여행을 떠나요
도망치는 방식이 아니라면 살고는 싶어요, 그리고
혼자 울 수만 있다면 바닥이 싫은 건 아녜요

'그리고'와 '그리고' 사이에 지구를 일곱 바퀴 반 돌아오는,
여행을 떠나요

* 프레디 머큐리: 그룹 Queen의 리드 보컬.

무인 카페

나는 사람이 아니라서
오늘 밤 무인 카페의 이름이 완성된다

오늘 밤 카페에 사람 따윈 없어서
공중 가득 젖은 발목들이 번져 나가고
바흐의 G음이 자전거 탄 풍경의 기타 소리를 휘휘 젓고,

벤야민은 달빛이 방과 단둘이 어울리고 싶어 할까 봐 방을 비워 주고 나가서 밤새 울었다지만
지금 나는 사람이 아니라서 무인 카페는 내내 빗소리와 호젓하다

생각이 나를 지우는 밤

나는 오늘 빗소리의 허밍이다
장미 화병의 왼편이거나 창밖 오동나무의 맞은편이다
24시간 무인 카페의 중심에서 먼 시간이다

헬로우 굿바이

>

나는 사람이 아니라서 벽에 붙은 인사말의 아래편이다
메모를 부탁할 입과 기기를 소중히 다룰 예절이 까맣게 나를 잊어서
빗소리는 오늘,
밤의 고성능 블루투스다

나는 사람이 아니라서
커피 잔의 온도는 검정 너머로 번져 가고
무인 카페의 목적은 완성된다

선인장의 유래

생각도 패턴 같은 것이어서
반짝이는 것들이 반짝임을 부른다
출렁이는 것들은 출렁거림을 변주하여
한 시절을 완성하고,

휘파람 소리가 휘파람을 부르듯
하트 모양이 별 모양의 생각들을 나무의 청사진으로 펼쳐 놓을 때
코기토 에르고 숨

골똘하고 뾰족한 한 잎의 생각이 태어났다

생각이 골똘해지면
다당류의 수액이 잦아든다
슬금슬금 마르는 사탕 맛의 날들
성대결절은 통로의 물기가 마르면 찾아오는 병

나무의 생각이
바다거북의 등껍질을 꿰뚫는다
지나가는 공기와 물 냄새를 잡아챈다

가시 그림자는 물결 소리로 흐르고,

생각도 패턴 같은 것이어서
무중력의 초록이 낙타의 사막을 웅얼거린다
발자국이 내부의 목소리를 통과할 때,

제4부

통증 기계

잠시, 어깨를 돌리는 스트레칭 기계입니다. 무거운 책가방을 메던 공부 기계거나 내내 당신의 겨드랑이를 파고들던 사랑 기계였던 적도 있었지만 지금은 고슴도치의 털처럼 통각만 서 있는 통증 기계입니다.

명절 증후군에 징징대는 내 어깨를 만져 주던 조카는 '숙모, 어깨는 소모품이에요' 시크하게 중얼댔지만 여기는 불량 수치가 너무 높은 라인입니다. 기계의 생각이 깊어지면 주기도문처럼 처방전이 길어지고 심장 박동 수가 빨라집니다. 서류 기계였던 손가락들과 키스 기계였던 입술이 모래시계처럼 후루룩 흘러내려 모르는 기계를 완성합니다.

이제 태양의 고도가 높아져도 다른 기계들과 챙챙 부딪히는 아침 버스는 타지 않습니다. 매일 자라는 이명을 아침의 세레나데라고 불러 줍니다. 오랜 상처 기계의 허세입니다. 낯익은 통증을 굴려 낯선 통증을 채우는, 건너편 기계의 표정을 예약합니다.

다정한 전설

야,* 라고 함부로 불리는 신화
야, 라고 어깨를 치거나 허그를 하고 싶은 다정한 전설

브래드 피트와 장동건을, 첫사랑과 이상형을 섞어 닮은
체 게바라
쿠바의 시가 냄새가 나는 게바라의 미소

담배는 혁명의 고독한 친구라던,
그의 담배는 어떻게 그 입술을 잊었을까
야전 텐트에서도 놓지 못한 만년필은
어떻게 간곡한 필기체의 문장을 놓았을까
끈이 닳아 버린 군화는 젖은 발의 굴곡을, 어떻게
잊었을까

볼리비아 밀림을 울린 총성이
운명의 위도와 경도를 통과했을 때,
국경을 넘나들던 그의 과업이 슬며시
구름 소파 쪽으로 그를 이끌었을까

아디오스, 그는 어떻게

오래 앓던 천식 같은 혁명을 잠재운 것일까
허리띠의 회중시계는 그의 시간을 버리고 영원이 되었다

아니, 영원을 버리고 섹시하거나 훈훈한 화보가 되었다
재즈 바의 입간판이 되거나 티셔츠의 모델이 되고
가난이 공평한 쿠바의
딱딱한 빵과 럼주가 되었다

야, 등을 툭 치면서
야, 어깨를 으쓱이면서

* 체 게바라의 이름. 스페인어 '체che'는 '야' '어이' 정도의 의미를 가진 말로 친구를 부를 때 쓰는 대명사라고 한다.

나무의 바다

수액이 차오르는 계절이 오면
집 앞 후박나무는 우우, 초록 물고기들을 몰고 다닌다

아직 성장판이 닫히지 않은 물고기들은
바다를 밀고 올라온다

바다가 간절한 자는 바다의 감정을 발명한다
뿌리까지 흘러가고 싶은 자는 천 개의 일렁임을 만든다

말안장 위에 정좌한 베두인족들이 고요히 눈빛을 장전할 때처럼
바다에서 초록까지의 거리는 한낮의 궤도 속에 있다

떠날 수 없는 자의 방랑벽이 무덤 속의 울음처럼 깊어질 때
봉긋한 유선형 몸짓이 정오의 반짝임을 통과할 때
이동하지 않고도 속도를 일으키는 최초의 어류가
얇은 공기의 막을 뚫고 솟아오를 때

나무는

물빛 부레와 지느러미를 단다
바다를 밀고 온 소용돌이는 높이 솟구쳤다가
다시는, 제 속도로 돌아가지 못한다

비가역적이어서
뚝뚝,
액화液化를 시작한다

뷰티풀 마인드

일대일 대응은 내가 좋아하는 소유의 방식
한 켤레의 신발을 사면 한 켤레는 재활용 통에 집어넣는 자유
한 병의 와인을 비우면 재빨리 한 병을 사 들고 오는 센스,

하나의 욕망과 하나의 쇼핑이 가지런히 하루를 가로지를 때
자동 유리문은 소리 없이 여닫힌다

내가 화장품 진열장에서 아이라이너를 뽑고
진열장 화면 속, 인도 소녀는 사각사각 글씨를 쓴다
내가 색색 립스틱과 아이섀도를 집어 들 때
방글라데시 천막 학교의 물감 수업이 알록달록해진다

하나의 쇼핑이 또 다른 쇼핑을 부르고
하나의 아바타가 다른 하나의 매트릭스를 열 때
천칭 저울이 사납게 흔들린다

내가 모닝커피를 드립으로 내려 마실 때
밴드형 금팔찌를 문장처럼 슬며시 팔목에 끼울 때
두툼한 오리털 패딩을 입고 겨울 외출을 할 때

쏟아지는 검고 진한 울음소리들

일대일로 반짝이던 대칭의 별들은 어디로 쏟아졌을까
나의 문창성과 천문성은 어디에 묻혔을까
경기도만 한 빙산은 툭 깨어져 어디로 흘러갔을까

하나의 스트레스엔 한 켤레의 킬힐
하나의 권태엔 한 편의 폭스사社 영화

우리의 만남은 수십 가지 디저트가 취향 저격하는
샐러드 바 레스토랑에서
먹다 만 접시를 쌓아 가는 사이
뜯다 만 종이봉투를 쌓아 올리는 사이

건너편은 어디?
맞은편 마음은 어디?

얼룩무늬라는 바코드

사바나를 롱샷Long shot으로 찍는 화면의 중심에 얼룩말 무늬가 펄럭입니다

줄무늬 나부끼며 달리는 거 아니고?
청소기를 들고 지나치다 다시 화면 앞으로 되돌아옵니다

탱탱한 근육을 뽐내며 서 있는 거 아니고?
더 클로즈업되길 잠시 기다립니다

오오,
끄덕이고 흔들리고 젖혀지고 마침내 계산대에 오른
한 바구니 쇼핑 목록,
사바나의 저녁 식사는 이미 시작되었습니다

산뜻한 속도와 깔끔한 흑백 대비가 싱싱한 맛으로 전이되는 중인지
바코드의 신선도는 깔끔하게 유지됩니다

씹고 뜯고 맛보고 즐기는 중에도 희고 검은 건반은 리드미컬하게 울려

사바나 암사자의 식탁 주위를 풍성하게 밝힙니다

목숨 이후에도 뻗쳐오르는 코나투스의 향연인가요?
탄탄한 암사자의 잔등이 되기 직전의 손 흔드는 작별 인사인가요?

어두운 밤과 투명한 아침의 기분으로 돌아가는 웅얼거림과 웃음소리
길거나 짧게, 희거나 검게 들썩입니다

얼룩무늬는 달리고 달려서
여기까지 계산됩니다
얼룩무늬는 미끈, 미끈하게 탱탱해서
지금의 맛으로 완료됩니다

얼룩무늬는 스트라이프,
다시 이진법으로 빠르게 업로드되는 중입니다

젖빛이 운다

흰빛은 좋은 것
흰빛은 귀한 것
챠강티메* 한 마리가 숨을 탄다

어미의 젖빛이 고비의 밤을 밝힌다
허옇게 불어 터진 등불이 흔들린다

뒤척인 꿈속에서 배냇짓이 묻어난다
시간이 새 숨을 열고 처음 만난 빛깔의 온도

네 다리로 서야 젖빛에 닿을 수 있다
갓 태어난 아기 낙타가 버틸 수 있는 시간은 사흘
펴지지 않는 앞다리는 사막의 지축을 무너뜨리고,

사막이 운다
모래바람이 일고 배냇짓의 온도가 곤두박질칠 때
흐린 내 눈꺼풀은 열리지 못하는 기관이다

고여 있는 젖빛이 어두워지며 운다
어미 낙타의 쌍봉이 눈물의 장부臟腑처럼

새끼 앞의 모래언덕을 흔든다

흰빛은 귀한 것
흰빛은 좋은 것
젖빛 울음이 사막의 삶, 신과 공명했던가

꺼질 듯 꺼질 듯 살아나는 숨결처럼
흰빛 한 채가,
일어선다

* 챠강티메: 귀하다는 뜻을 가진 고비사막의 흰 낙타.

아무튼 파랑

수맥水脈을 놓쳐 건기일 때는 파랑명상법으로 하자
세상의 모든 색이나 사물에서 파랑을 찾자
파랑에만 집중해서 가장 안쪽 파랑에 닿자
파랑이 쏟아 내는 물줄기로 중심의 심중心中까지 온통 적시자

찾기로 작정하면
보라나 연두, 주황이나 갈색에도 뜻밖의 파랑이 들어 있지만
보기로 작정하면
격정의 눈동자, 기쁨의 미간, 석류빛 웃음 등에도 소량이거나 극소량의 파랑이 박혀 있지만

아무튼 파랑은 중심의 문장
어쨌든 파랑은 그림자의 저변
먹는 줄도 모르고 섭취하는 염분의 함량처럼
파랑의 농도는 색채들의 심지를 틀고 있다

소실로 나아가는 첫걸음의 명도
높고 맑고 쓸쓸한 마지막 채도

>

니체와 헤세의 첫 문장 사이로 걸어 나오는 파랑의 발자국
첫아이에게 첫 젖을 물리던 날의 푸른 전율
그 아이를 잃고 통째로 곤두박질치는 파탄의 색깔

파랑에 숨을 대고 파랑에 귀를 붓고 파랑에 거꾸로 박힌
적 있다
파랑을 둘러쓰고 파랑을 가로지르고 파랑을 일용한 적,
있다
브라만보다 높은 비색의 몰락에 통째로 빠진 적 있다

파랑은
바닥이 없는 무한의 깊이
발꿈치가 닿지 않는 세계에서 범람한다

검은 지층

검은 강물이 짐승처럼 웅크리고 있다

북편 베란다에는
매실즙 오디즙 오미자즙 쑥즙 솔잎즙 등이 익어 간다
프랜시스 베이컨의 삼면화풍으로 윤곽이 온통 흘러내려
어둠은 이미 범람 중이고,

녹아나는 것이 힘들었을까
고여 있는 것이 숨 가빴을까

부패와 발효 사이를 맴돌았을까
복종과 침잠 사이에서 서성였을까

한 철 내내 발끝만 내려다보며
한 가지 생각에 몰두한 까닭은?
썩지 않기 위해?
아니, 잘 썩기 위해

길이 제 꼬리를 쫓아 안으로 끈적해진다

>

연역법으로 귀납을 끌어내는 순간, 닫힌 시간이
검은 등뼈의 굴곡으로 우멍해져 있다

어느 지층까지라도 내려가겠다는 듯이

풍년빌라

재개발 지역의 어둠이 된 여자가
텅 빈 밤을 후루룩거린다

부서진 식탁의 끼니를 쩝쩝거린다

시흥군 의왕읍 내손리 881번지
옛 지번 그대로 내걸린
풍년빌라 문패를 기웃거린다

곧 십일월이었는데
이사 트럭이 도착하기 전날 밤이었는데
2층 빌라에서 뛰어내려 죽을 수도 있냐고,

몇 집 안 남은 이웃들처럼
수군거리던 밤이 있었다

골목에 나앉은 괘종시계가
먼 자정을 댕그랑거리는 사이
옥상의 빨랫줄이 없는 치맛자락을 펄럭거린다

>

밤 바깥으로 나간 어둠이
오랜 관절염을 절뚝이며 되돌아온다

깨진 텔레비전의 검은 화면이
밤새 없는 여자를 중얼거리고,

피차

흐름과 어둠 사이에서 주천강이 울었다
잊고 있던 목소리로 흘렀다

깜짝 반가워 어둠을 밀쳐 보지만
오히려 소리가 헝클어지거나 더 멀었다

어둠을 어둡게 두고
흐름을 흐름에 맡길 때
그만큼의 목소리로 강이 울었다

흐름의 손이 어둠의 어깨에 닿을 때
어둠의 기억법이 흐름의 속도를 흔들 때

강물이 몸을 뒤척이며 흘렀다
소리를 높이지 않고도 맘껏 울었다
소리를 낮추지 않고도 속을 눅였다

어둠이 흐름에 잠기지 않은 만큼이 거리라는 듯
흐름이 어둠에 눌리지 않은 만큼이 사이라는 듯

>

마음의 간격이 어두워지는 사이
물이 소리의 몸을 불리며 흘렀다

당신과 내가 닿을 수 없어
흐름과 어둠이 서로의 울음을 울어 주었다

우리 사이에
우리라는 말이 부려진 그 밤 같았다

차서次序

어떻게 봄 다음에 겨울이 오니
어떻게 사랑 다음에 스폰지 밥 같은 허기가 오니
어떻게 당신 다음에 무덤 같은 아침이 오니

잎이 나고야 꽃이 피고
열매가 맺고서야 여름이 시작되니, 어떻게

쏟아진 그림자가 내일을 데려오니
끝말잇기의 끝은 오고야 마는데
절기와 절기 사이로 북쪽만 몰려오니

꼭 이 순서가 저 순서를 불러오지는 않으므로
노래는 후렴 부근이 좋아지곤 해

저 기억이 이 기억을 불러오지도 않고
오늘이 어제보다 먼저 와서 창가를 서성일 때도 있지

초록이 도착하는데 새는 떠나고
꽃이 지는데 샛가지가 파랗게 뻗치기도 해

>

내가 먼저 슬픔을 버렸는지
슬픔이 나를 미리 팽개쳤는지
말할 수 없는 페이지가 늘어만 가네

어떻게 겨울 다음에 가을이 오니
어떻게 이별 다음 젖은 키스가 오니
어떻게,
허방 다음이 세작 찻잎 한가운데니

몇 생 전의 결락缺落이 나를 앓는다

별별사주닷컴

몸 바깥의 성좌보다 몸 안에 숨겨진 별이
더 푸르다면
살이 차오른다면
더 소용돌이쳐 흐른다면
당신은 좀 무르거나 이른 별

오전엔 비가 와서 흐르는 별이 푸른 별의 등을 떠밀었지
그건 인과율도 변증론도 모르는 일
오후엔 주가가 반등하여 살 오르는 별에서 카랑카랑 쇳소리가 났어
그건 별 풍선 모으기 정도만큼의 별별 이야기
덜 여문 제 꼬리를 뜯어 먹는 별들의 식욕에 관한 이야기

거룩한 성좌는 거룩히 계시고
반짝이는 별이 반짝이며 원운동을 키우는 사이
숨겨진 별들은 싱크홀의 검은 반경을 생산하지
시시각각 바탕화면을 재설정 중이지

하늘 위의 별자리보다 발밑의 별들이 더
더 짤랑거린다면, 이제 당신은

>

바다를 발명하는 고래의 별
꽃을 불러오는 노루의 별
몸속의 진동을 타고 오르는 검은 매의 별
한 귀퉁이의 우주를 터뜨린 빅뱅의 별

머지않아
태허로 돌아가는 구름을 잡아타고
별(星) 별(辰) 자의 획순마저 남김없이 흩뿌릴 별
백색왜성처럼 환한 고독에 부쳐
한 줄 시의 문장에 삽입될 별

제라늄이 컹컹, 밤을

소설가 J는 칠 년 동안 계속되는 밤을 밤만큼 길게 썼지만 우리 집 제라늄 G도 육 년 반쯤 내내 밤을 피운다 쉼 없이 지나친 밤을, 하염없이 지루한 밤을, 지름 35센티 높이 30센티 화분의 체적을 통과한 밤을, 여러해살이 쥐손이풀의 영역을 지나온 밤을

피운다 짖는다 밤 다음에 아침이 오는 것을 믿지 않는 불신자의 사명으로, 따스한 공기 방울들이 바닷가의 조개들처럼 입을 벌려 노래한다는 것을 믿지 않는 염세주의자의 도취로 밤을 피운다, 컹컹거린다, 애완과 반려 사이로 난 막다른 길을 밤만이 넘는다는 듯이

뚝뚝 지는 밤이 자꾸 웃어 대니까, 냄새나는 밤이 내내 짖어 대니까, 타고 남은 재가 다시 기름이 되듯 발등에 쌓인 밤이 못내 끙끙대니까, 직진 앞으로 밤 좌향좌 밤 우향우 밤, 남발한 밤의 오작동이 타오르니까, 밤의 모가지를 툭 꺾으면 어떤 꽃들은 다시 돌아오니까, 구부정한 잔등의 밤을, 컹컹

해 설

대립각을 해체하는 행간의 시학

오민석(문학평론가, 단국대 교수)

1

구조주의자들에게 있어서 이항 대립(Binary opposition)은 모든 언어와 문화의 뼈대이다. 가령 모든 음성은 모음(+Vowel)이거나 아니면 모음이 아닌 것(-Vowel)은 나뉜다. 의식은 무의식이 있어야 존재하며, 현존은 부재와의 관계 속에서만 의미를 갖는다. 이항 대립은 의미의 철새들을 포획하는 두 개의 극점이다. 이항 대립으로 혼란은 종결되고 사물들은 이편 혹은 저편으로 구획된다. 이항 대립으로 모든 것들은 관계의 체계 속으로 조직된다. 이항 대립은 모든 사물의 의미론적 기능을 설명하는 만능열쇠이다. 이항 대립은 관계와 차이를 지배하는 원리이며, 변하지 않는 항수恒數이고, 세계의 보편적 문법이다. 이항 대립은 동일한 무게와 의미의 대칭이며, 그 사이에 아무런 것도 허락하지 않는다.

안차애 시인이 질문을 던지는 지점은 바로 여기이다. 이항 대립의 너머에는 아무것도 존재하지 않는가? 세계는 이항 대립적 대칭물들의 총계인가? 이항 대립은 모든 것을 설명할 수 있는가? 설명할 수 없는 것, 보이지 않는 것, 알 수 없는 것은 존재하지 않는가? 대립적 두 항목 사이에 인지되지 않는 '행간'은 없는가? 이 세계에 접근 불가능한 것은 없는가? 보들레르(C. Baudelaire)는 "근접할 수 없는 것이 무엇인지 깨닫지 못하는 사람은 시인이 아니다"라고 했다. 이 말이 옳다면, 안차애야말로 '시인'이다. 그녀는 보이지 않는 행간, 이항 대립의 사이 혹은 너머에 비대칭으로 존재하는, 그러나 근접할 수 없는 것들을 호출한다. 그녀의 사이렌으로 이항 대립의 세계는 행간을 가리는 울타리로 전락한다. 그녀는 이항 대립의 풍경을 전면에 내세우되, 그것들의 뒤, 너머, 혹은 행간에 있는, 보이지 않는 것을 소환한다.

> 오른손과 왼손 사이의 강물
> 알레그로풍의 연속 잇단음표는
> 서로를 흘러 다녀도 만져지지 않아
>
> 얼굴의 물무늬들이 각자의 방향으로 흐르는 사이
> 오른편의 악절 끝이 조금씩 무너지고 있어
> 떠오르거나 가라앉는 힘도 동력일까
> 물과 둑이 뒤섞이는 것도 변주일까
>
> 후모어 후모어

잿빛 소용돌이 속으로 선율의 내부가 우주처럼 열리고 있어
아다지오로 번져 나가는 무無의 수수께끼들

—「슈만이 있는 풍경」 부분

시인은 "오른손과 왼손"의 이항 대립을 앞에 내민다. 그러나 그녀가 주목하는 것은 대립물이 이루는 뼈대(구조)가 아니라, 그 "사이"를 이루는 성분이다. 그녀는 그 사이에서 결정의 고체성 대신에 비결정의 액체성을 본다. 그것은 "강물"처럼 흐르지만, "만져지지 않"는다는 점에서 접근 불가능한 것이다. 대립물들 사이에, 아무것도 결정할 수 없는, 근접할 수도, 범주화할 수도 없는 공간이 존재한다. 그것은 대립물들의 행간에 존재하는 깊은 무덤, "무無의 수수께끼들"이다. 행간에 존재하는 것들은 대립물들의 극성極性을 지운다. 차이와 경계가 지워지므로 행간에서는 의미의 일시적인 죽음이 발생한다. "물과 둑이 뒤섞"일 때, 물이면서 물이 아닌, 둑이면서 둑이 아닌, 그리고 물이면서 둑이며, 둑이면서 물인, 의미의 "소용돌이"가 생겨난다. 우주처럼 열리는 "선율의 내부"는 이렇게 이항 대립물의 극성이 사라진 곳에 존재한다. 그곳은 규정할 수 없는 곳이므로 '부재'하는 공간이며, 동시에 불가능의 대상이라는 이름으로 '현존'하는 공간이다. 부재이면서 현존이며, 현존이면서 동시에 부재인 공간은 이렇게 이항 대립을 무너뜨린 자리에서 생겨난다. 시인이 보기에 세계의 본질은 거기에 '있다'.

뼈와 뼈 사이가 운다
한쪽이 접히면 맞은편을 부풀리는 아코디언의 자세가
통증을 글썽인다

천칭 저울이 평형을 이룬 적은 없다
내가 기우는 사이 네가 울었거나
네가 기울어진 한편으로 내가 꽈리처럼 부풀었다

매혹이 끌림을 쓸고 가는 기우뚱한 사랑의 방식이
사시의 눈알을 뽑아 한쪽 벽에 걸어 두듯,

—「사랑의 방식」 부분

이 작품에서도 이항 대립의 목록들("뼈와 뼈", "한쪽"/"맞은편", "내"/"네")이 열거된다. 여기에서도 시인은 대립물들이 아니라 그것들의 "사이"에 주목한다. 그녀에게 이항 대립은 고체로 이루어진 평행봉이 아니다. 그것들은 사선으로 기울어져 있으며, 이 비대칭의 공간에 사건들의 벡터와 파동들이 생겨난다. 그러므로 중요한 것은 구조가 아니라, 뼈대들 사이에서 움직이는 힘이다. '사랑의 방정식'은 평행 직선이 아니라 "기우뚱한" 사선에서 존재한다. 그녀는 이렇게 이항 대립을 전면에 세운 후에, 그것의 "평형"을 무너뜨리거나, 그것들의 행간을 확장함으로써 이항 대립의 세계관을 해체한다.

바람의 사선斜線과 물결의 연흔이

만난 적 없이 서로의 기울기에 기대는 사이,

수수만년의 눈빛들이 눌린 시간을 반짝거린다.
쏟아지고 싶다고
쏟아지고 싶다고

—「사암砂巖의 기록」 부분

보라, 대립물들은 평행선에서 만나지 않는다. 행간은 "사선斜線"을 그으며 대립물들을 가로지른다. 존재하는 것은 양극성이 아니라 "서로의 기울기"이다. 그것들은 대립각들을 무너뜨리고, A이면서 동시에 B이고, B이면서 동시에 A인 '사이'로 쓰러진다. 그러므로 "쏟아지고 싶다"는 진술은 존재와 세계의 내밀한 방향성을 지시한다. 그것은 양극처럼 눈에 보이지 않는 힘이고, 존재의 방향이며, 흐름이다. 시인은 명시적 대립각이 아니라 보이지 않는 행간을 응시한다.

2

대립각이 사물들의 '보이는' 뿔, 가시적 세계의 구조라면, 비가시적으로 존재하는 세계도 있다. 시인은 보이지 않는 것, 혹은 붙잡을 수 없는 것에 이름을 부여하는 자이다. 조르조 아감벤(G. Agamben)은 '부재의 형식'으로 존재하는 이런 세계를 "유령"이라 부른다. 유령의 세계는 존재하지만 부재하며, 그것을 향해 갈 수는 있으나 근접할 수 없는 세계이다. 안차애 시인의 시선이 머무는, 가시적 대립각들 사이에 있는 비가시적 공간 역시 이런 점에서 '유령'의 세계이다. 아감벤은 또한 "불가능한 과제 앞에서 인간의 영혼이 대답을 시도하는 공간"을 "행간"이라 불렀다. 안차애 시인의 시들에 등장하는 무수한 '사이'들은 이런 점에서 '행간'이기도 하다. 이렇게 아감벤의 용어로 정리할 때, 그녀를 '행간에서 유령을 읽어 내는 시인'이라 불러도 좋다.

> 불안한 것들이 흔들린다
> 불온한 것들이 번져 간다
>
> 위험한 온도, 위험한 파동, 위험한 무늬, 위험한 피
>
> 멈칫거리고 솟아나고 엉긴다
> 더듬거리고 빨려 가고 소용돌이친다
>
> —「물의 사랑학」 부분

유령이란 존재하지만 규정하기 힘들고, 그리하여 부재의 옷을 입고 있는 것이다. 그것들은 "불안한 것들"이고 "불온한 것들"이며, "위험한" "소용돌이"들이다. 그러므로 세계는 완결된 상태로 존재하지 않는다. 세계는 무수한 힘들이 '소용돌이'치며 움직이는 웅덩이 같아서 대립각으로 포착되지 않는 거대한 공간을 가지고 있다. 그것들은 포착되는 순간 해체되

며, 범주화하는 순간 탈범주화된다. 그것들은 "멈칫거리고 솟아나고 엉긴다". 규정 불가능한 이 유령의 세계에 시인은 (유령 대신에) '검은색'이라는 이름을 붙인다. 이 시집에는 다양한 색깔이 등장하는데, 그중에서 압도적으로 가장 자주 사용되는 것은 검은색이다.

> 무의식은 검다고 프로이트는 말한다
> 검은색은 두려움의 기호
> 아직 튀어나오지 않은 것들이 덜컹거린다
>
> …(중략)…
>
> 색색깔을 칠한 뒤 검은 크레파스로 덧씌워야 완성되는 스크래치 놀이처럼
> 라일락의 입술들이 숨었다
> 표정이 없는 것이 표정인 어머니가 꼭꼭 숨었다
> 문장을 다 배우기도 전에 철부터 들어 버린 아이의 웃음소리도
> 검은색 저편에서
> 여기예요 엄마, 나 잡아 보세요 엄마
>
> 검은색은 검은색이라서 위험한 것이 아니라
> 파묻은 색깔들이 두더지처럼 불쑥불쑥 튀어나올 예정이라서
> 위험하다
>
> —「스크래치」 부분

말하자면, 시인에게 있어서 대립각들의 '사이'는 프로이트의 무의식 같은 것이다. 그것은 그 안에 무수한 색깔을 감추고 있으며, 규범화되지 않는 "검은색"이다. 검은색은 모든 가능성을 감추고 있는 색깔이며, 무엇이든지 될 수 있는 색깔이어서 "위험"하다. 그것은 유령처럼 혹은 "두더지처럼" 언제 "불쑥불쑥 튀어나올"지 모른다. 선명한 대립각들의 문법은 이렇게 '부재하는 현존'의 문법에 의해 검은색으로 덧칠된다. 시인은 "아직 튀어나오지 않은 것들"의 소음을 듣는다. 무의식은 무엇이든지 될 수 있고, 완전한 형태로 억압될 수 없으며, 설사 억압되었다 할지라도 호시탐탐 귀환의 틈을 노린다. 시인이 볼 때, 세계는 무의식처럼 비결정의 유동성으로 가득 차 있다. 그것은 이항 대립의 선명한 구도에 절대 갇히지 않는, 신비하고도 위험한, 검은 유령의 공간이다.

> 캔버스를 가로질렀다. 루치오 폰타나의 그림 〈제로〉는 가슴뼈의 위쪽과 우심방의 아래 부위가 슥, 베어졌다. 찢긴 선 사이로 검은 어둠이 담즙처럼 차오른다.
>
> 이제 피 따위는 흘리지 않아. 세상 사람들은 두 가지 부류로 나뉜다. 슥, 베어진 시간의 검은 구멍을 들여다본 자와 보지 못한 자. 슥, 끊어진 크레바스에 한 발을 디밀어 넣은 자와 넣지 않은 자. 슥, 벌어진 검은 구멍이 점점 자라 화면을 가득 채우는 것을 본 자와 보지 못한 자

나는 실꾸리가 풀리듯 검은 구멍 속으로 감겨 들어간다. 젖은 습자짓빛에 빨려 메아리도 캄캄하다. 검은 틈 속으로 몸을 숨긴 뒤 흔적 없이 깊어지기만 하는 아가, 아기를 업은 아가, 아기를 부축한 또 아가야, 여기는 울음도 눈물이 되지 않는 지역의 농도, 잠시 빛과 틈새 사이로 번지점프를 하듯

슥, 가로질렀을 뿐인데 이면이 없다. 매일 검은 틈을 키우는 자들은 그림자가 없다. 부풀어 오른 칼자국 사이로 이곳의 빛 무늬와 저곳의 검은 물결을 동시에 본다. 소실점이 없다.

—「———슥」부분

이 작품은 얼마나 많은 '검은 것'들로 가득 차 있는가. 검은 것들은 존재의 모든 "구멍"과 "틈" 사이로 차오르고 부풀어 오르며 존재를 가득 채운다. 그것은 마치 "칼자국"처럼 폭력적이며 위협적이다. 세계는 검은 유령으로 가득 차고 해명 불가능한 것이 된다. 시인은 세계의 파사드Façade를 베고 검은 "담즙"을 뿜어 올리는 소리("슥")를 듣는다. 마침내 세계가 온통 검어져 모든 경계와 윤곽조차도 사라질 때, 세계에 근접할 수 있는 선명한 대립각들은 무의미해진다. "소실점이 없다"는 것은 경계와 각도로 접근할 수 없는 상태를 가리킨다. 시인은 이런 점에서 대문자 로고스Logos를 해체하며, 혼돈과 비결정의 검은 유령 혹은 검은 덩어리를 외로이 응시하는 자이다. 이 시집은 이항 대립의 구조물 사이에 존재하는 행간의 어둠에 관한 기록이다.

3

그렇다면 가시적 대립각들 사이의 행간에서는 도대체 무슨 일이 벌어지고 있을까.

> 프린트 스크린이나 페이지 다운,
> 기능키를 눌러 컴퓨터 화면을 바꾸듯
> 자리들은 몸체를 바꾸지
>
> 이름은 그대로 두고
> 목걸이와 야자 이파리 셔츠는 그냥 걸치고
> 범고래 문양 벨트를 맨 채
>
> 빙글빙글 의자를 돌리며 살을 바꾸지
> 옥수수 럼주를 마시며 뒷모습을 갈아 끼우고
> 흐느적흐느적 춤을 추면서 새 그림자를 재단하지
>
> —「자리들」 부분

가시적 대립각들이 비가시적 혼란으로 대체되는 것은 사물들이 "이름은 그대로 두고" "몸체를 바꾸"기 때문이다. 동일한 이름을 가진 무수한 몸체라니. 언어학적으로 이야기하자면, 이는 하나의 기표가 무수한 기의를 갖는 사태와 유사하다. 기표와 기의 사이의 관계의 '자의성(arbitrariness)'에 대한 이런 강조는, 안차애 시인이 (적어도 철학적으로는) 이미 구조주의를 넘어 포스트 구조주의 혹은 해체주의로 넘어가 있음을 보여 준다. 기표는 마치 새끼를 낳듯이 무수한 기의를 출산함으로써 의미의 안정성, 고정성을 상실한다. 물론 기표의 자의성을 최초로 언급한 논자는 구조주의의 원조 메이커인 소쉬르(F. de Saussure)이지만, 기표와 기의 사이의 거리를 최대한 벌려 놓음으로써 기표의 불안정성을 극대화한 논자들은 해체론적 포스트 구조주의자들 혹은 철학적 포스트모더니스들이다. 안차애 시인은 이런 점에서 구조주의적 명료성을 넘어 포스트 구조주의적 혹은 포스트모더니즘으로 넘어간 인식의 소유자로 보이다.

잠시, 어깨를 돌리는 스트레칭 기계입니다. 무거운 책가방을 메던 공부 기계거나 내내 당신의 겨드랑이를 파고들던 사랑 기계였던 적도 있었지만 지금은 고슴도치의 털처럼 통각만 서 있는 통증 기계입니다.

…(중략)… 서류 기계였던 손가락들과 키스 기계였던 입술이 모래시계처럼 후루룩 흘러내려 모르는 기계를 완성합니다.

이제 태양의 고도가 높아져도 다른 기계들과 챙챙 부딪히는 아침 버스는 타지 않습니다. 매일 자라는 이명을 아침의 세레나데라고 불러 줍니다. 오랜 상처 기계의 허세입니다. 낯익은 통증을 굴려 낯선 통증을 채우는, 건너편 기계의 표정을 예약합니다.

—「통증 기계」 부분

(포스트모더니즘 철학자인) 들뢰즈(G. Deleuze)는 '기계' 개념을 끌어들여 무한 생성과 변화의 도정에 있는 모든 존재의 모습을 설명한다. 존재는 정해진 목적이 없이 다른 존재와의 '접속'을 통하여 끊임없는 '무엇-되기'의 도정에 있다. 손-기계는 타자의 몸을 만짐으로써 사랑-기계가 되고, 글을 씀으로써 작가-기계가 되며, 타자를 구타함으로써 무기-기계가 될 수 있다. 위 시의 주체는 행간의 다양한 상황과 접속하면서 스트레칭 기계 → 공부 기계 → 사랑 기계 → 통증 기계 → 서류 기계 → 키스 기계 → 상처 기계로 계속 생성된다. "다른 기계들과 챙챙 부딪히는" 것은 들뢰즈적 '접속'의 모습이며, 주체는 다른 기계들과의 접속을 통해서 계속해서 "모르는 기계"로 바뀌어 간다. 주체들의 이러한 유동성, 끊이지 않는 비결정성, 생성의 과정이야말로, 앞에서 언급한 비가시적 유령, 규정 불가능한 행간, 검은 어둠의 내용물이 아니고 무엇인가.

안차애 시인은 명시성 너머의 비명시성, 가시성 너머의 비가시성, 결정성 너머의 비결정성의 세계를 계속 건드린다. 모리스 블랑쇼(M. Blanchot)에 따르면, 사유란 "어떤 결정된 것 앞에서도 멈추지 않는 것"이며 "현전하는 모든 사유에 대한 영속적인 중성화"이다. 안차애는 가시적 이항 대립의 선명성을 신뢰하지 않는다. 그녀는 대립각들의 빛나는 태양 뒤에 숨겨져 있는 혼란과 무한 생성의 어두움을 읽어 낸다. 그녀의 시들은 대립각들의 사이와 행간에서 피어나는 꽃들이다.